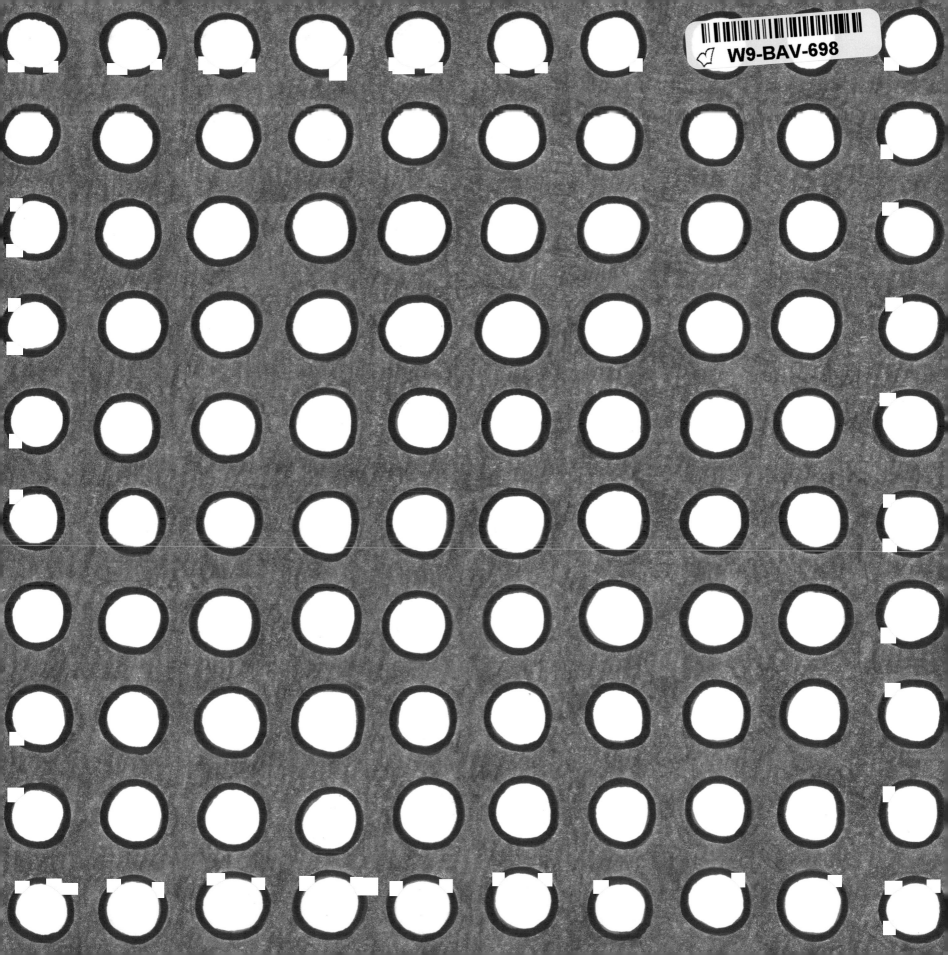

La primera luna llena de Gatita

KEVIN HENKES

La primera

luna llena de Gatita

 Greenwillow Books rayo

Una rama de HarperCollinsPublishers

Para L, W, C & S

La primera luna llena de Gatita.
Copyright © 2004 por Kevin Henkes
Traducción © 2006 HarperCollins Publishers
Traducido por Osvaldo Blanco
Para preparar las ilustraciones a todo color se utilzaron pintura a la aguada y lápices de colores. El tipo de imprenta del texto es 22-point Gill Sans Extra Bold.

Library of Congress ha catalogado la edición en inglés.
Henkes, Kevin. [Kitten's first full moon. Spanish] La primera luna llena de Gatita / de Kevin Henkes.
p. cm.
"Greenwillow Books."
Summary: When Kitten mistakes the full moon for a bowl of milk, she ends up tired, wet, and hungry trying to reach it.
ISBN 978-0-06-087223-6 (trade bdg.)
[1. Cats—Fiction. 2. Animals—Infancy—Fiction. 3. Moon—Fiction. 4. Spanish language materials.] I. Title.
PZ73.H3837   2006   2005023972
Primera edición
19 WOR 11

La edición original en inglés de este libro fue publicada por Greenwillow Books en 2004

Era la primera luna llena que veía Gatita.

Cuando la vio, pensó:

"Hay un plato de leche en el cielo".

Y quiso tomarlo.

Entonces cerró los ojos,

estiró el cuello,

abrió la boca y lamió.

Pero Gatita sólo se quedó con un insecto en la lengua. ¡Pobre Gatita!

Y el plato de leche

seguía allí, esperando.

Entonces Gatita trató de calmarse,

meneó la cola

y saltó desde el escalón más alto del porche.

Pero cayó rodando,
golpeándose la nariz y una oreja,
y machucándose la cola.
¡Pobre Gatita!

Y el plato de leche

seguía allí, esperando.

Entonces Gatita lo persiguió,

corriendo por la vereda,

a través del jardín,

cruzando el prado

y a orillas de la laguna.

Pero Gatita no lo alcanzaba nunca.

¡Pobre Gatita!

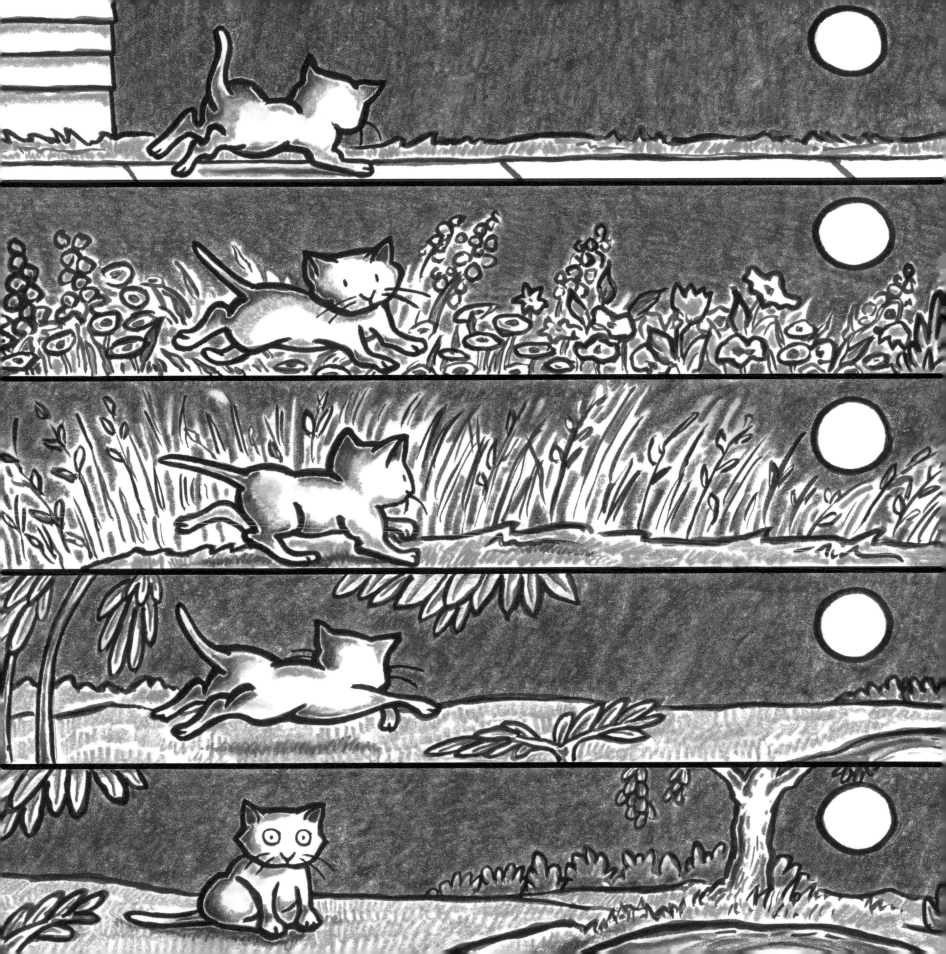

Y el plato de leche

seguía allí, esperando.

Así que Gatita corrió
hasta el árbol
más alto que pudo
encontrar,
y trepó,
y trepó,
y trepó
hasta su cima.

**Pero Gatita
seguía sin poder
alcanzar el plato
de leche.
Y ahora estaba
asustada.
¡Pobre Gatita!
¿Qué podía hacer?**

Entonces Gatita vio, en la laguna,

otro plato de leche.

Y éste era más grande.

¡Qué noche!

Entonces bajó corriendo del árbol

y corrió por el césped

hasta la orilla de la laguna.

Saltó con todas sus fuerzas . . .

¡Pobre Gatita!

Estaba mojada y triste y cansada
y con hambre.

Así que decidió

volver a casa . . .

y había un

gran plato

de leche

en el porche,

esperándola.

¡Qué suerte tiene Gatita!

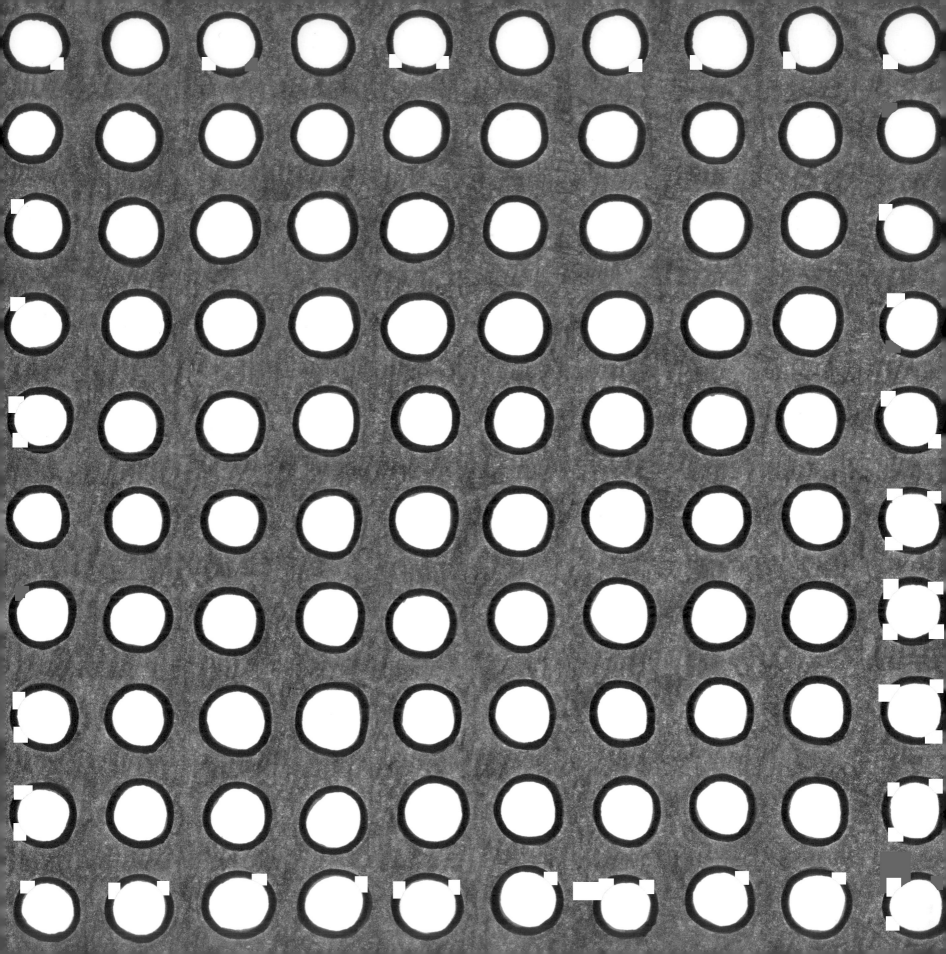